PRISONNIERS DE LA PYRAMIDE

www.editions.flammarion.fr

Dépôt légal : août 2004 – N° d'édition : 2622 – Imprimé en Espagne par Liberdùplex.
ISBN : 2-08162622-5 – Loi n°49-956 du 16 juillet 1949 sur les publications destinées à la jeunesse.

Alain Surget Fabrice Parme

PRISONNIERS DE LA PYRAMIDE

CASTOR POCHE

CHAPITRE 1

L'ŒIL DE CÉSAR

DANS LE PALAIS DE CLÉOPÂTRE,
À ALEXANDRIE,
EN EGYPTE, EN 48 AVANT J.-C.

La musique s'échappe à flots par les fenêtres du palais. Pour célébrer sa victoire sur les pirates*, Cléopâtre a invité de nombreux princes et princesses à la grande fête qui, depuis plusieurs jours, secoue tout Alexandrie. Dans l'immense salle de réception, des danseuses évoluent au rythme des flûtes et des tambourins tandis que les convives accompagnent la mesure en tapant dans les mains.

Assis à la droite de la reine, Jules César semble totalement indifférent au spectacle. Le coude appuyé sur la table, le menton sur son poing, le général romain paraît dormir. Installée entre Antinoüs et Iméni, Cléo attire l'attention de ses deux amis sur lui. Tous trois pouffent de rire.

* Voir *César c'est qui ?*

– Il a trop mangé, il fait la sieste, glousse Iméni.

– Ou bien les danses ne lui plaisent pas, renchérit Antinoüs.

Cléo s'apprête à se moquer de César à son tour quand l'homme ouvre un œil et le braque sur elle. La fillette ravale sa plaisanterie, baisse les yeux et pince légèrement les garçons pour qu'ils cessent de ricaner.

– Il nous observe, siffle-t-elle entre ses dents.

Antinoüs cesse d'un coup. Iméni, lui, n'a pas entendu et il continue à rigoler. Un coup de pied dans sa cheville lui arrache un petit cri de douleur. Il se tourne vers Cléo avec colère, croise à ce moment le regard de César et manque se mordre la langue.

– Ce n'est pas nous qu'il fixe, chuchote Antinoüs. Son regard passe au travers de nous comme si nous n'étions pas là. En fait, il ne regarde rien. Il s'ennuie.

Les enfants l'étudient à la dérobée.

– C'est vrai, reconnaît Cléo. Il a l'air aussi vivant qu'un pot.

Le pot bouge soudain. Il se penche vers Cléopâtre, lui glisse quelques mots à l'oreille, se lève et se dirige vers la terrasse. La reine termine une discussion avec la grande prêtresse d'Isis, puis elle rejoint César.

– L'air frais me fait du bien, dit-il comme Cléopâtre vient s'appuyer contre la rambarde, près de lui.

– Tu bâilles devant mes invités, lui reproche la jeune femme. Même les enfants s'en sont rendu compte. J'organise pour toi les plus belles choses, je fais venir les meilleurs cuisiniers et les plus jolies danseuses, et toi tu ronchonnes. Quoi que je fasse, tu n'es jamais content !

– Je dois retourner à Rome.

– Qu'est-ce qui t'appelle là-bas ? L'Égypte t'ennuie à ce point ? Mes musiciennes t'endorment ? Il te manque les jeux du Cirque : les courses de chars, les combats d'animaux sauvages… ?

– Ce n'est pas ça…

– Tu regrettes qu'il n'y ait plus de batailles à mener ?

– Non...

– Alors quoi ? s'impatiente Cléopâtre en donnant un coup de poing sur la rambarde.

– Je ne me plais guère à Alexandrie. La ville est trop parfaite, les rues trop droites, les quartiers trop carrés. On m'avait présenté l'Égypte comme un fouillis de ruelles et de vies où planait encore le souvenir des Pharaons... Or je ne vois qu'une grande ville grecque.

Une ombre glisse sur les dalles, dans leur dos, et va s'arrêter derrière un pilier qui soutient l'avancée du toit.

– L'Égypte est un long serpent sacré, répond la reine. Alexandrie n'en est que la tête. Je te propose un voyage sur le Nil jusqu'à Thèbes. Je te ferai goûter mon pays comme tu prétends l'aimer.

– Soit, accepte César. Mais si tu ne réussis pas à m'étonner...

– Tu me jetteras aux crocodiles, c'est ça ?

César secoue la tête en souriant enfin.

– Oh, ce sera un voyage très intime, indique Cléopâtre. Nous ne serons accompagnés que par

mes deux servantes... auxquelles se joindront mon groupe de musiciennes, mon cortège de danseuses, mon équipe de cuisiniers, mon escorte royale et deux navires de guerre.

César fait quelques pas sur la terrasse, grommelant des « oui… oui… oui », puis il plonge vers le pilier, saisit l'espion par son collier et le tire en pleine lumière. Cléo !

– Pourquoi ne pas ajouter cette grenouille, tant que nous y sommes ? À moins que son poids ne nous fasse couler ! Avec elle, l'intimité sera totale.

– C'est une excellente idée, approuve Cléopâtre. Cléo et ses amis m'ont sauvé la vie, je leur dois bien un voyage.

César lâche la gamine qui saute aussitôt de joie.

– Je vais prévenir Antinoüs et Iméni. Avec nous trois, vous serez en sécurité, assure-t-elle.

– Je me félicite d'avoir renvoyé mon armée à Rome, ironise le général. Avec vous trois, cela aurait fait double emploi, tu as raison !

La reine prend le bras de César et pose son autre main sur l'épaule de Cléo. Ensemble, ils regagnent la salle. Une autre ombre, bien dissimulée celle-là sur la terrasse, se détache alors du mur.

– Ce voyage est une aubaine. Il m'offrira maintes occasions de réaliser mon projet. Ni César ni Cléopâtre ne reviendront vivants de leur périple.

CHAPITRE 2

LA LUMIÈRE DE KHÉOPS

Une foule immense est massée sur les quais pour assister à l'embarquement de Cléopâtre et de César. Précédés par les danseuses qui ondulent au son des instruments, la reine et le général romain répondent aux acclamations par des sourires et des hochements de tête. Sitôt sur le *Râ*, le navire royal décoré de fleurs, Cléopâtre et César disparaissent à la vue des gens. Cléo se montre alors à la proue du bateau, salue la foule comme si les manifestations de joie étaient à son intention.

– Tu te prends vraiment pour une princesse, lui fait remarquer Iméni.

– Je suis sûre qu'un grand nombre de ces gens n'hésiterait pas à se prosterner devant moi.

– Et ils en profiteraient pour te mordre les doigts

de pied ! souligne Antinoüs.

La fillette se compose un air pimbêche.

– Toi, surveille donc ton fennec ! riposte-t-elle. J'ai cru entendre l'un des pilotes pousser un cri. Fenk doit être accroché à sa cheville. Si tu ne veux pas que nous emboutissions le phare en sortant du port, tu ferais bien d'aller le rechercher.

Un son de trompe ! Le signal du départ ! Le *Râ* s'écarte du quai, suivi par ses deux vaisseaux d'escorte.

– Nous voilà partis, se réjouit une mystérieuse silhouette embarquée sur l'un des navires. Le voyage sera mouvementé, et peu d'entre nous reverront Alexandrie.

Quatre jours plus tard, poussés par le vent du nord, les bateaux entrent dans le port de Memphis. Prévenu de l'arrivée de la reine, le maire de la ville a fait couvrir de pétales de roses l'avenue qui mène au palais, et ses soldats forment deux cordons de sécurité pour contenir la population.

– Toute la ville vous attend, annonce le maire en

s'inclinant devant sa souveraine. J'ai organisé une grande réception en votre honneur.

– Nous sommes fatigués, répond Cléopâtre. Pas trop de monde surtout ! Deux à trois cents personnes suffiront. Eh bien, César, demande-t-elle en se tournant vers le Romain, ce voyage te guérit-il de ton ennui ?

– Naviguer pendant quatre jours dans une forêt de papyrus n'a rien d'exaltant, grogne-t-il. Nous n'avons même pas subi une seule attaque de crocodiles.

– Pfff ! fait la reine en ramenant son châle sur ses épaules. À notre prochaine étape, j'exigerai que l'on étale un tapis de scorpions devant toi. Cela t'amusera peut-être de sautiller d'un pied sur l'autre pour éviter leurs piqûres.

Le soir venu, plutôt que d'assister aux festivités organisées chez le maire, Cléo, Antinoüs et Iméni quittent le palais pour retrouver les rues de Memphis.

– Il y a seulement quelques mois, nous habitions encore ici… rappelle Antinoüs. Que d'aventures depuis !

– J'ai envie d'aller faire un tour du côté des pyramides, dit Iméni. Mon père me l'a toujours interdit quand nous habitions ici. Mais maintenant que nous sommes libres…

– Tu as raison, appuie son ami. César et Cléopâtre doivent visiter les tombeaux demain. Il y aura des gardes partout. Autant y aller avant ! Et puis Fenk a besoin de courir !

– Moi aussi j'ai besoin d'espace, ajoute Cléo. J'ai toujours aimé l'air du désert. Il pique un peu mais il est tellement léger…

Les enfants rejoignent rapidement les rives du Nil. Des barques légères en roseaux tressés les attendent, attachées aux tiges des papyrus.

– Attention à ne pas marcher sur un crocodile, murmure Iméni. Ils dorment parfois sous les barques.

Les enfants frappent l'eau avec un bâton. Comme rien ne bouge dans les herbes et dans les nénuphars, et que rien ne remonte à la surface, ils entrent dans l'eau, montent dans la première embarcation, détachent l'amarre et commencent à longer la rive.

– On aurait pu se rendre à pied jusqu'aux pyramides, fait remarquer Antinoüs qui s'échine à manier la pagaie.

– Le désert cache des pillards, les serpents sortent à la fraîcheur et les chacals rôdent parmi les pierres.

Étendue sur le dos entre les garçons, la fillette se laisse bercer par le mouvement de l'eau.

– Tu exagères, Iméni. Pourquoi ne pas avouer simplement que tu voulais m'offrir une promenade à la lune ?

Le gamin s'étrangle de saisissement et rougit. Antinoüs éclate de rire.

– Si c'est le cas, prends donc la pagaie ! recommande-t-il au jeune Égyptien. Cléo appréciera davantage si c'est toi qui rames.

La nuit est presque tombée lorsqu'ils abordent devant le grand Sphinx. Trois ombres monumentales, d'un noir d'encre, tombent des pyramides et s'allongent jusqu'au Nil. Les enfants

mettent pied à terre. Antinoüs dépose son fennec sur le sol. Fenk renifle un instant autour de lui, comme s'il reconnaissait d'anciennes odeurs, puis il file vers le désert.

– Il va se perdre, s'inquiète Iméni.

– Il reviendra, assure Antinoüs.

Un hurlement de chacal s'élève brutalement. Un appel relancé trois fois du bout de la nuit.

– Ça y est, se désole Cléo, Fenk a réveillé le dieu Anubis. Espérons qu'il n'enverra pas ses hordes rôder autour des pyramides.

– Le Sphinx nous protégera, déclare Iméni. Il veille sur le repos de la ville et de tous ses habitants.

– Je n'aimerais pas qu'il se secoue de son sable et qu'il se lève, dit la fillette. Une fois, je suis venue me réfugier ici parce qu'on me poursuivait...

– Tu avais volé le savon du barbier ?

Cléo ignore la remarque ironique, et poursuit.

– J'ai eu l'impression que la tête du Sphinx se penchait vers moi, et qu'il cherchait à m'enserrer entre ses pattes.

– C'était l'ombre, suppose Antinoüs. On croirait toujours que le plateau se met à tourner quand les ombres font le tour des pyramides.

Le jeune Grec accompagne ses mots par un grand geste circulaire. Soudain il se fige. Un œil de feu vient de s'allumer en contrebas, du côté de la pyramide de Khéops.

– Quelqu'un vient, souffle-t-il à l'adresse de ses compagnons.

– Il monte vers la pyramide.

Les enfants courent se dissimuler près d'un temple funéraire situé devant la pyramide, de façon à voir sans être vus. La lueur grandit, dévoile un visage.

– Je le reconnais, murmure Cléo. C'est un de nos marins. Qu'est-ce qu'il vient faire ici ?

– Suivons-le, suggère le jeune Grec, et nous aurons la clé du mystère.

L'homme contourne la pyramide, puis il se met à escalader le flanc nord.

– Il entre dans le tombeau, constate Iméni. Il va s'attirer la colère du Pharaon Khéops s'il dérange

son sommeil éternel.

– Je crains plutôt qu'il ne prépare des ennuis à la reine Cléopâtre, rectifie Cléo. Je suis persuadée qu'il va à la rencontre de quelqu'un, et pas pour jouer aux osselets.

– Qui dit lieu secret, dit souvent complot, conclut Antinoüs.

S'accrochant aux arêtes éclairées par la lune, les trois amis escaladent les blocs. Les rayons bleutés dévoilent le début d'un tunnel qui descend en pente douce dans le ventre de la pyramide. Les

enfants s'y aventurent l'un derrière l'autre, et suivent le flambeau de l'homme toujours devant eux. Soudain la lumière disparaît, et c'est le noir total !

– Il a tourné, suppose Antinoüs. Donnons-nous la main et avançons à tâtons.

– Il est peut-être tombé dans un trou, s'effraie le jeune Égyptien. Il doit y avoir des pièges pour protéger la momie contre les profanateurs.

– On l'aurait entendu crier. Antinoüs a raison, il a bifurqué dans une autre galerie. Mais à droite ou à gauche ?

Personne ne répond. Le cœur bat si fort dans les poitrines qu'il semble qu'un tambour résonne dans l'étroit passage. L'air est lourd, presque chaud, et il rend la respiration haletante.

– J'ai peur, confesse Iméni.

– Moi aussi, avoue Cléo. C'est comme si on s'enfonçait dans un ventre de pierre.

Antinoüs ne relève pas. Il sent bien que s'il annonce qu'il a peur, lui aussi, l'affolement risque de les gagner tous. Alors il se contente d'avancer, ses compagnons accrochés à lui, les doigts frôlant les parois pour se guider. Il tremble de tous ses membres, mais cela ne se voit pas dans le noir. Tout à coup sa main droite plonge dans le vide. Il tourne la tête, distingue un point rouge qui flotte dans les ténèbres.

– C'est lui, là-bas !

Le trio s'engage dans un tunnel qui remonte cette fois. La torche oscille un moment devant eux, éclairant une galerie qui continue à monter, puis la lumière décroît et s'éteint à nouveau.

– On va aller jusqu'où comme ça ? se lamente Iméni. À grimper autant, on va se retrouver au sommet de la pyramide.

– Il faut savoir ce qui se trame ici, décrète Cléo.

Ils débouchent dans la grande galerie. Elle est plus large et plus haute. L'air y est plus frais, provenant d'un conduit d'aération. Du coup, les enfants se sentent moins oppressés ; Iméni cesse même de gémir. Ils suivent la galerie et arrivent à l'antichambre qui précède le caveau. Une lumière s'en échappe, faisant sortir de l'ombre trois lourdes dalles de granite en équilibre sur des piquets : les trois blocs coulissants qui fermaient le tombeau à l'origine. Quatre torches brûlent à l'intérieur de la chambre funéraire. Avec d'infinies précautions, les trois amis se glissent entre les piquets, approchent du caveau, se collent derrière la demi-cloison qui sépare les deux pièces. Des voix leur parviennent de l'autre côté. Cléo, Antinoüs et Iméni passent la tête. Une terreur sacrée bloque leurs cris au fond de la gorge. Quatre dieux sont assis autour du sarcophage !

CHAPITRE 3

LE VENTRE DE PIERRE

Sous le jeu des flammes, les silhouettes de Thot, de Seth, d'Anubis et d'Horus se dessinent sur les murs, monstrueuses, étirées jusqu'au plafond. Iméni se mord le poing pour ne pas hurler, et Cléo tremble d'effroi. Antinoüs les ramène tous deux en arrière.

– Ce sont des hommes portant des masques, leur souffle-t-il. Celui qu'on vient de suivre est forcément l'un d'eux puisqu'il n'y a plus d'issue. C'est une façon de rester anonymes. Si l'un se fait prendre, il ne pourra pas dénoncer ses complices.

– Tu... tu... tu crois ? balbutie le jeune Égyptien.

Rassurée, Cléo va s'accroupir près de l'entrée et tend l'oreille.

– Cléopâtre et César vous prendront pour les

prêtres sous vos masques, assure la silhouette à l'effigie de Seth. Les vrais ont-ils bien été éliminés ?

Horus hoche affirmativement la tête avant de déclarer :

– Nous attendrons César et la reine devant la pyramide, puis nous les conduirons jusqu'ici. Ensuite nous reculerons dans l'antichambre, les laissant seuls devant le sarcophage de Pharaon.

– C'est à ce moment que nous ferons tomber les dalles, poursuit Anubis. Nous avons descellé des blocs dans la voûte. Le choc provoquera l'effondrement de toute l'antichambre, bloquant César et Cléopâtre dans la pyramide pour l'éternité.

– Il faudra vous mettre rapidement à l'abri dans la grande galerie, précise Seth, sinon vous serez pris vous aussi sous l'éboulement.

– Comment procéderons-nous si la reine et le Romain sont accompagnés de leur escorte ? demande Thot.

– Les hommes armés n'entrent jamais dans les tombeaux, affirme Seth. César sera désarmé, il n'y aura que vous avec eux. Après que la voûte se sera

écroulée, vous irez vous cacher dans le tombeau inachevé, au fond de la pyramide. Vous n'en sortirez qu'à la nuit suivante. Tous croiront ainsi que les prêtres sont restés prisonniers avec César et Cléopâtre.

– C'est un bon plan, reconnaît Horus, il ne peut que réussir.

– Il ne doit pas échouer, reprend Seth. Le maître vous récompensera avec des colliers d'or, mais sa vengeance serait terrible si vous manquiez votre coup : il vous ferait danser sur un nid de cobras. Séparons-nous à présent !

Chaque dieu saisit sa torche et se lève.

– Il faut filer en vitesse, dit Antinoüs.

– Mais la galerie derrière nous est dans le noir ! s'affole Iméni.

– Ils arrivent, avertit Cléo.

Les enfants refluent, mais dans la précipitation Iméni heurte le piquet qui retient la première dalle, et il tombe sur le ventre.

– Hé ! Il y a quelqu'un dans l'antichambre ! s'exclame Anubis.

Cléo et Antinoüs attrapent chacun leur ami par un bras et le tirent en avant. Son pied accroche et arrache le piquet au moment où la lumière des flambeaux éclate dans la pièce.

– Ce sont les… !

La voix de Seth est couverte par un grondement sourd. Il bondit en arrière pour ne pas être broyé par l'énorme masse qui dégringole, le bloquant, lui et ses complices, dans la chambre funéraire. Ébranlés, les deux autres blocs tressaillent sur leurs poteaux. Les piquets se fendent.

– Tout va s'écrouler ! hurle Cléo.

Le bois se casse. Les dalles tombent. L'antichambre est secouée par les chocs successifs. Les enfants s'enfuient en criant. Alors un vacarme épouvantable résonne dans la pyramide : le plafond de l'antichambre s'affaisse. Les vibrations se ressentent dans la grande galerie. La poussière endormie depuis deux mille cinq cents ans se soulève du sol en même temps qu'elle tombe en pluie du haut de la voûte. L'air devient vite irrespirable. Une main plaquée sur le visage, les trois

amis avancent à tâtons dans les ténèbres.

– Nous n'arriverons jamais à sortir ! panique Cléo. Les couloirs sont trop longs. Nous allons mourir étouffés.

Cramponnés l'un à l'autre, le dernier poussant les premiers, ils suivent la grande galerie quand soudain le sol s'ouvre sous eux.

La chute est brutale. Étourdis, les enfants restent un moment sur le dos, à reprendre leur respiration. Antinoüs tâte le sol autour de lui. Le boyau s'élève en pente fortement inclinée.

– Attendons que la poussière se dissipe, là-haut, et nous pourrons remonter.

– Nous ne retrouverons jamais notre chemin, se désespère le jeune Égyptien.

– Mais si ! s'énerve Cléo, fatiguée de l'entendre se plaindre sans arrêt. Les dieux sont avec nous. Ils nous ont permis de percer à jour un complot, d'enfermer les traîtres dans le caveau, et d'échapper à l'asphyxie. Ils ne vont pas nous abandonner maintenant !

– C'est vrai, confirme Antinoüs. Nous venons de

sauver Cléopâtre pour la troisième fois.

Iméni se tord les doigts, il n'est pas convaincu.

– C'est peut-être la reine que les dieux protègent, pas nous.

Mais ses mots sont à peine murmurés, comme s'il craignait que l'ombre les entende. Il se recule pour aller s'appuyer contre la paroi. Son pied rencontre le vide. L'enfant happe l'air, bat des bras, se raccroche à Cléo qu'il manque entraîner avec lui. Elle pousse un cri, se retient de justesse à Antinoüs. D'un coup de rein, Iméni rétablit son équilibre, et tous trois se laissent choir à nouveau sur le sol.

– Nous ne sommes pas au fond du puits, constate la fillette. Il se poursuit en dessous de nous. Nous nous tenons sur un coude ici. En fait, nous aurions déjà pu tomber dedans en entrant dans la grande galerie : nous avons eu de la chance, nous l'avons évité sans le savoir.

Ils demeurent un instant immobiles, trop effrayés pour oser bouger, puis Antinoüs se lève et commence à tâtonner, les mains à plat sur le mur en pente.

– Je cherche des encoches, explique-t-il. Si ce puits a été creusé, les ouvriers ont bien imaginé un moyen pour en ressortir.

Cléo et Iméni se mettent à tâtonner, eux aussi. Hélas, des encoches, il n'y en a point.

– Ils utilisaient certainement des cordes, soupire la fillette.

Iméni tente alors d'escalader le boyau, mais il glisse : l'inclinaison est trop forte. Chacun s'épuise à essayer à son tour… Finalement Antinoüs se plaque le dos à la pente.

– Grimpe sur mes épaules ! propose-t-il à son ami. Cléo, tu monteras ensuite sur les siennes. Si à nous trois nous sommes assez grands, tu arriveras peut-être à agripper le rebord et à te hisser hors du puits.

Avec bien du mal, et après avoir piétiné les oreilles de ses compagnons, Cléo réussit à se redresser. Elle tend les bras… ne rencontre que la pierre. L'issue est encore hors de portée.

– Je n'y arrive pas. C'est trop haut !

– Nous sommes prisonniers de la pyramide,

renifle Iméni dans un sanglot. Je savais bien que Pharaon se vengerait si on troublait son repos.

Cette fois, ni Cléo ni Antinoüs n'ont le cœur à le démentir.

CHAPITRE 4

LA NUIT SANS FIN

Le silence est épais dans la pyramide. Bloqués dans le boyau, les enfants ont l'impression qu'ils se font lentement digérer par la masse de pierre qui les étouffe.

– J'ai chaud… j'ai soif… gémit Iméni.

Sa voix est pâteuse, comme s'il avait un caillou sur la langue. Cléo a fermé les yeux et elle déroule des images dans sa tête : le fleuve bordé de papyrus, des champs couleur de paille, le ciel bleu limpide traversé par un vol d'ibis. Elle a besoin de ces scènes de vie pour ne pas céder à la panique. Antinoüs répète qu'ils vont s'en sortir, qu'il n'y a qu'à attendre l'arrivée de César et de la reine pour les appeler. Mais ses phrases sont surtout destinées à le rassurer lui-même. En aucun cas, il ne veut envisager que Cléopâtre puisse passer sans les entendre.

– Ça fait combien de temps que nous sommes là ? demande Iméni.

La notion du temps s'est diluée dans le noir. Comme la réponse tarde, il rajoute :

– Je ne sais même plus si je me suis assoupi ou non.

– Il faut parler, conseille Antinoüs en donnant un coup de coude à Cléo prostrée entre eux. Si on s'endort, on ne discernera pas le bruit des pas au-dessus de nous quand la reine entrera dans la pyramide.

Un silence. Personne ne sait que raconter. Alors la voix de Cléo sort de l'obscurité, un peu enrouée.

– Quand le dieu Râ se lève, c'est la figure du Sphinx qui s'allume en premier. On dirait alors que la nuit fond, et que tout l'or du ciel se répand sur les pyramides.

– Je ne l'ai jamais vu, dit Iméni.

– Parce que ton père te laissait encore dormir. Moi, je travaillais à la taverne de « L'œil d'Horus ».

Le patron me réveillait à coups de pied si je n'étais pas debout dès l'aurore.

– C'est fini désormais, intervient Antinoüs. Depuis que tu habites au palais d'Alexandrie, on ne te jette plus à bas du lit aux premières lueurs du jour.

– C'est vrai, reconnaît la fillette, mais le spectacle du Sphinx en feu avait quelque chose de magique. Je m'étais promis de retourner le voir, à l'aube.

Ses derniers mots pèsent. Partis un instant dans leurs souvenirs, les enfants sont ramenés sans transition dans le tombeau. Ils restent un instant sans parler, broyés par les ténèbres, les jambes repliées contre la poitrine et la tête sur les genoux. Les épaules d'Iméni sont brusquement agitées par un tressaillement, puis des larmes roulent sur ses joues et lui entrent dans la bouche. Cléo lui passe un bras autour des épaules, le serre contre elle, non pour le rassurer, mais pour partager sa détresse. Un gémissement plus fort enfle dans l'obscurité.

– Calme-toi, marmonne Antinoüs.

– Ce n'est pas moi, se défend Iméni.

Un crépitement ! Et puis une masse heurte Cléo dans le dos, la pousse en avant, la projette dans le trou et dégringole avec elle le long du puits.

– Cléo ! Cléo ! s'égosillent les garçons.

Le hurlement de la fillette s'éteint, avalé par les profondeurs de la pyramide.

Après une série de glissades et de culbutes, Cléo atterrit durement sur un sol rocheux. Une boule de poils se jette sur elle, lui lèche le visage et les mains puis se met à lui mordiller une cheville.

– Mais… c'est Fenk ! bredouille-t-elle, encore

sonnée par son plongeon dans le boyau.

Elle se relève, étend les bras. Où est-elle ? Le tunnel est plus haut, plus large, et il remonte en pente douce. Une coulée d'air frais la remplit d'un fol espoir.

– Reste près de moi, Fenk.

Mais l'animal n'obéit pas. Il file en avant puis se met à japper avec insistance. Cléo le suit en tâtant le sol du pied, dans la crainte qu'un autre puits béant s'ouvre devant elle. Une lueur jaune point au bout du tunnel. La lumière du jour, enfin !

Fenk l'attend à mi-chemin de la sortie. Dès qu'elle le rejoint, il s'engage dans un couloir à sa gauche.

– C'est là que nous avons tourné pour remonter dans la grande galerie, comprend Cléo.

Elle rappelle Fenk, mais la bête s'est engouffrée dans le couloir et a disparu de sa vue. « Le fennec est reparti vers le puits, pense Cléo. Il sent son maître et ne le quittera pas. » Elle place ses mains en porte-voix, crie du plus fort qu'elle peut :

– Je suis sortie du puits ! Je vais chercher de l'aide !

Sa voix résonne étrangement. Le son est mat, sans écho. Les mots ont l'air d'être des pierres qui tombent sur le sol. Un bruit caverneux gronde au loin. Est-ce un bloc qui achève de se desceller du plafond de l'antichambre ou, comme l'aurait souligné Iméni, Pharaon Khéops qui grogne de colère ? La gamine frissonne. « Est-ce qu'ils m'ont entendue ? » Elle craint de relancer l'appel. Alors elle se hâte de ressortir de la demeure d'éternité.

Il fait encore nuit, mais la lune s'est déplacée dans le ciel. Le pan de la pyramide est éclairé de biais, et les ombres zigzaguent tels des serpents entre les blocs. Pour éviter de tomber, Cléo descend à reculons en se retenant aux pierres. Dès qu'elle pose le pied sur le sable, la fillette se met à courir vers l'endroit où est amarrée la petite barque. « Maintenant tout dépend de moi ! » se dit-elle en entrant dans l'eau.

CHAPITRE 5

LE SILENCE DES OMBRES

Les deux gardes postés à l'entrée du palais de Memphis ne croient pas un instant que cette drôlesse qui vient de se présenter à eux, ébouriffée, la tunique déchirée, puisse appartenir à la suite de la reine.

– Prévenez l'officier de nuit ! leur conseille Cléo. La reine a dû se rendre compte de mon absence et lui en parler. Il me laissera entrer, lui !

– On ne dérange pas un officier pour rien, grommelle l'un des deux hommes.

– Alors allez chercher une servante de Cléopâtre ! Elle me reconnaîtra et…

– Rien du tout ! assène le deuxième. Rentre chez toi !

Cléo prend un ton implorant.

– Mes amis sont tombés dans le puits de la grande pyramide. Il faut leur porter secours !

– De mieux en mieux ! rigole le soldat en regardant son collègue. Dans un instant, cette oiselle va nous raconter que le serpent Apopis a avalé le soleil.

– Bon ! fait Cléo, décidée à pénétrer coûte que coûte dans le palais.

Elle recule de quelques pas, ramasse une pierre et la lance avec force sur une sentinelle. Furieux, l'homme fonce sur la gamine, l'empoigne à bras-le-corps et l'emporte jusqu'au poste de garde.

– Tu voulais voir l'officier de nuit, tu vas le regretter, lui promet-il. Il te fera rosser !

Il croit faire peur à la fillette mais s'étonne de son calme, de son air rassuré. Alerté, l'officier de nuit arrive enfin, l'air courroucé. Il s'apprête à réprimander la petite mais ravale son sermon dès qu'elle lui apprend qui elle est.

– La reine s'est inquiétée à son retour de la réception, lorsqu'elle a su que tes amis et toi aviez quitté le palais et que vous n'étiez toujours pas rentrés au milieu de la nuit, lui dit-il. Elle a envoyé des soldats à votre recherche, or ils sont revenus bredouilles. Où étiez-vous donc passés ?

– Nous sommes allés nous promener du côté des pyramides, répond Cléo. Nous avons surpris des conspirateurs que nous avons réussi à coincer dans le caveau. Malheureusement, nous sommes ensuite tombés dans un puits. Antinoüs et Iméni sont toujours…

– Attends, attends, la coupe l'officier en agitant les mains. Je ne comprends rien. Recommence plus clairement, veux-tu ?

La fillette reprend ses explications. L'homme l'écoute sans l'interrompre, mais il demeure perplexe. Il refuse d'aller réveiller la reine, accepte cependant d'envoyer deux soldats munis de cordes sur le plateau des pyramides.

– Je veux repartir avec eux ! décide Cléo. Ce sont mes amis qui sont là-bas.

– Pas question ! Ce n'est pas un endroit pour une gamine de ton âge.

– Si nous n'étions pas allés dans la pyramide,

c'est Cléopâtre et César qui auraient fini ensevelis dans le tombeau. Et puis je sais exactement où sont les garçons.

À force d'insister, Cléo obtient l'accord de l'officier.

– C'est bon, soupire-t-il. De toutes façons, ce n'est pas très loin, vous serez rapidement de retour.

Un instant plus tard, un char quitte la ville. Cramponnée à la nacelle, entre les deux hommes, Cléo est très fière. Non seulement elle a préservé la vie de sa souveraine, mais elle va encore sauver ses amis. Elle se tient droite, les cheveux au vent, un léger frisson d'excitation dans la poitrine. L'attelage contourne les pyramides par le nord puis s'arrête sous l'entrée de celle de Khéops. Guidés par la fillette, il ne faut pas longtemps aux deux soldats pour suivre les tunnels à la lueur des torches et se retrouver devant la gueule du puits.

L'absence de Fenk inquiète tout de suite Cléo. « Il a dû sauter à l'intérieur, comme lorsqu'il est tombé sur mes épaules » songe-t-elle. Les soldats éclairent le trou avec leurs torches, mais ils ne

voient pas grand chose. Tous trois se mettent alors à appeler les enfants… Aucune réponse ! Rien qu'un silence de pierre !

– Ils m'ont certainement entendue crier quand je suis sortie, suppose Cléo, et ils se sont laissé glisser à leur tour jusqu'au fond du boyau.

– Dans ce cas ils ne sont plus dans la pyramide, conclut un soldat. Je vais descendre quand même pour m'assurer qu'ils ne sont pas restés bloqués quelque part.

S'aidant de la corde que retient son compagnon, l'homme s'introduit dans le puits.

– La corde ne sera pas assez longue, fait remarquer la fillette.

En effet, la traction se relâche bientôt, signe que l'homme ne s'agrippe plus à la corde et qu'il doit dévaler la pente sur le dos. L'autre ramène alors la corde à lui.

– Par acquis de conscience, on va aller vérifier si tes amis ne se sont pas égarés dans la deuxième chambre funéraire. Reste bien auprès de moi !

La torche dévoile un nouveau passage non loin du puits. Mais la chambre qu'ils découvrent au bout du couloir est vide.

– Qu'est-ce que Pharaon comptait faire ici ? s'étonne Cléo.

– Cette pièce lui aurait servi de tombeau provisoire pour le cas où il serait mort avant la fin de la construction de sa demeure d'éternité, explique l'homme. Cela n'a pas été le cas. Il y a encore un autre caveau creusé sous la pyramide. Lui aussi n'aura été d'aucune utilité.

Le soldat pousse ensuite la curiosité à remonter

la grande galerie afin de constater si la fillette a dit vrai, si les dalles obstruent effectivement l'accès à la chambre du sarcophage.

– Tu es sûre que ce ne sont pas les vrais prêtres que vous avez enfermés là derrière ?

Cléo hausse les épaules. Elle a un petit geste de la main signifiant : « Va voir ! » D'un mouvement de la tête, l'homme lui indique alors qu'il est temps de redescendre... Lorsqu'ils se retrouvent enfin à l'air libre, l'autre soldat est déjà à côté du char, à les attendre.

– Les gamins ont quitté la pyramide, affirme-t-il. Je suis allé jusqu'au caveau souterrain : il n'y avait personne.

– Allons, fait le deuxième en posant sa main sur l'épaule de la fillette, ils ont rejoint Memphis.

– Je ne comprends pas, s'interroge Cléo. Nous ne les avons pas croisés sur le chemin.

– Ils seront passés par le fleuve.

– C'est moi qui ai pris la barque. Il n'y en avait pas d'autres à proximité.

– Alors nous les rencontrerons sur le retour, la

rassure l'un d'eux en grimpant sur le char.

Au moment d'y monter à son tour, Cléo regarde l'immense montagne de blocs qui commence à rougir des lueurs de l'aube.

– Je ne crois pas qu'Antinoüs et Iméni se soient échappés, murmure-t-elle. Quelque chose de terrible leur est arrivé, je le sens. Qu'est-ce qui se cache dans l'antre de Khéops ?

Le fouet claque. Les chevaux reprennent leur course dans le désert. Les soldats regagnent la ville sans avoir relevé autre chose que les ombres mouvantes des pierres. Cléo est la première à sauter du char quand l'attelage fait halte devant la porte du palais.

– Avez-vous vu rentrer mes deux amis ? s'empresse-t-elle de demander aux sentinelles.

Les gardes secouent la tête. Cléo jette alors un regard effaré aux deux hommes sur le char.

– Disparu ! Antinoüs et Iméni ont disparu !

CHAPITRE 6

PAROLES DU MATIN

Peu après l'aube, les deux fidèles servantes de la reine découvrent Cléo endormie contre la porte de l'appartement royal.

– Que fait la petite ici ? s'étonne l'une d'elles. Elle devrait être dans son lit.

– On dirait qu'elle sort du désert, remarque l'autre. Il y a du sable dans les plis de sa tunique et dans ses cheveux.

Elles la soulèvent délicatement pour la transporter dans sa chambre, mais la fillette se réveille.

– Je veux voir Cléopâtre, bredouille-t-elle en donnant l'impression de mastiquer ses mots. On complote contre elle dans la pyramide, et Khéops a avalé Antinoüs et Iméni.

– Elle est si épuisée qu'elle raconte n'importe

quoi, se désole l'une des femmes.

– Laissez-moi ! se rebiffe Cléo. Je dois parler à Cléopâtre ! C'est important !

Une voix puissante gronde soudain dans le couloir.

– Eh bien ! À peine levée, tu sèmes déjà le désordre dans le palais !

Les têtes se tournent, les yeux se posent sur Jules César qui vient de sortir de sa chambre. Il se tient droit, les poings sur les hanches, les sourcils froncés, attendant une explication. Cléo devance les servantes et lui narre son aventure de la nuit.

– C'est très grave, reconnaît César. Dès que la reine sera prête, nous lui rapporterons ton histoire. En attendant, je vais aller interroger les deux hommes qui t'ont accompagnée dans la pyramide.

Cléopâtre marche de long en large dans la salle du conseil tandis que César, le menton dans la main, étudie chacun des hommes que la reine a convoqués.

– C'en est trop ! s'exclame Cléopâtre, furieuse.

C'est le troisième complot* en quelques mois ! Pas question de poursuivre notre voyage vers Thèbes tant que nous n'aurons pas démasqué le chef des conjurés !

– Celui-ci ne doit pas être n'importe qui pour payer ses hommes de main avec des colliers en or, fait observer César.

Les hommes hochent la tête, d'accord avec lui. Il y a là le maire de Memphis, l'officier de jour et l'officier de nuit ainsi que le commandant de la garde personnelle de Cléopâtre.

– Est-on vraiment certain de ce qu'a rapporté cette gamine ? demande le maire. Mes services n'ont jamais eu vent de la moindre tentative de...

– C'est parce que tes agents ne laissent pas traîner leurs oreilles au bon endroit ! rétorque la reine sur un ton blessant. Cléo n'a pas inventé ce complot. Les dalles se sont bien abattues dans le caveau de Khéops – deux soldats le confirment – et il manque effectivement un marin dans mon équipage.

– Les conjurés peuvent venir d'Alexandrie,

* Voir épisodes précédents.

intervient l'officier de jour. Qui sait s'ils n'ont pas navigué à vos côtés ?

– C'est une possibilité, admet César. Mais ils ont des complices à Memphis : ceux qui ont été enfermés dans la pyramide, par exemple. Je suis convaincu que le réseau s'étend encore au-delà, et que des assassins nous attendent à chacune de nos étapes. Un messager monté sur un char tracté par de bons chevaux peut facilement devancer nos navires et distribuer ses ordres avant notre arrivée. L'important, poursuit-il, c'est de savoir qui est le chef et de l'arrêter.

– Pour connaître nos mouvements, il est forcément près de nous, déclare le commandant de la garde royale. Peut-être même dans cette salle !

Il cueille le regard de César qui l'approuve totalement.

Debout à côté du Romain, Cléo s'impatiente. Elle pense à ses amis et personne ne parle d'eux. Elle veut prendre la parole mais la main de César se referme sur son épaule et la serre légèrement, enjoignant à la fillette de se taire. Cléo se dégage et

va s'asseoir contre le mur en bougonnant. La reine s'aperçoit de la scène. Pour rassurer la petite, pour lui faire comprendre qu'elle et ses camarades ne sont pas oubliés, Cléopâtre reprend :

– Mettez tout en œuvre pour retrouver les enfants qui ont disparu. Explorez la pyramide de la base à son sommet ! Elle dissimule peut-être des caches secrètes.

– Ils ont sans doute été enlevés par des pillards alors qu'ils revenaient vers la ville, suppose le maire. Le désert est infesté par des hordes de brigands.

– Envoyez des patrouilles, ratissez les villages aux alentours du plateau, fouillez les bateaux et les caravanes, interrogez les gens dans le port, dans les rues, dans les tavernes ! Je veux revoir ces garçons vivants !

La reine convoque ensuite les hommes attachés à son service : son chef cuisinier, son maître de danse et son maître de musique.

– Nous restons à Memphis ! annonce Cléopâtre quand ils sont en rangs d'oignons devant elle. Tous les plats seront préparés par toi seul, précise-t-elle à son cuisinier, et un serviteur les goûtera devant moi ! Quant à vous deux, vous n'engagerez aucune nouvelle danseuse ni aucune nouvelle musicienne !... Vous ! poursuit-elle en s'adressant à ses capitaines, interdisez à votre équipage de quitter le bord ! Toute désobéissance sera sévèrement punie !

– En fait, nous allons vivre repliés sur nous, résume le maître de danse.

– Comme dans une cage remplie de serpents, ponctue Cléopâtre. Vous savez, ces petits serpents qui ressemblent à des bourrelets de sable et ne s'animent qu'à la fraîcheur. Mais cela ne signifie pas que nous allons vivre dans la morosité. Je veux qu'une grande fête ait lieu ici demain midi !

Les hommes s'inclinent et sortent à reculons.

– Une grande fête ! s'écrie alors César. Tu n'y penses pas ! C'est offrir à notre ennemi l'occasion de nous frapper !

– Justement ! Cela l'incitera à se montrer. Ce n'est que de cette façon que nous pourrons le démasquer, car je doute fort que nous réussissions à libérer du caveau les quatre faux dieux pour les interroger.

– Je craignais de m'ennuyer, avoue César, mais ce voyage prend un tour imprévu. Je suspecte tout le monde, plus particulièrement le maire de la ville. Sa fonction lui permet d'être au courant de tout et de contacter qui il veut. Je vais attacher un espion à ses pas.

– Je te laisse agir à ta guise, termine Cléopâtre en invitant la fillette à la suivre.

Mais Cléo ne bouge pas. Recroquevillée, la tête dans les épaules, la gamine s'est endormie.

– Elle a eu une rude nuit, dit la reine. Je vais appeler mes servantes.

– Ce n'est pas la peine, je vais la porter moi-même.

César s'approche de Cléo, se baisse, passe un bras derrière son dos, l'autre sous ses genoux, et la soulève comme s'il s'agissait d'une plume.

– Elle a l'air d'être aussi fragile qu'un oiseau, souffle-t-il. Et pourtant…

CHAPITRE 7

LE MAÎTRE DE DANSE

Le lendemain matin, tandis que des soldats sont postés aux quatre coins du palais et dans le jardin, les serviteurs et les servantes courent d'une pièce à l'autre afin de préparer la grande fête qui doit avoir lieu à midi. Pour éviter de se trouver dans leurs jambes, Cléo s'est rendue dans le jardin. Un groupe de danseuses et de musiciennes apparaît dans l'allée. Le maître de musique dispose ses flûtistes et ses joueuses de luth près du bassin tandis que le maître chorégraphe place ses danseuses sur deux rangs.

– Je ne veux aucun faux pas, prévient ce dernier. Si l'une de vous se trompait devant la reine, ma punition serait exemplaire : je la ferais danser sur un nid de cobras.

Cléo a un haut-le-corps. Cette phrase ! Cette menace ! C'est la même que celle proférée par l'homme à l'effigie de Seth dans la pyramide !

– C'est lui le chef du complot, siffle Cléo, encore ébahie par la révélation. Il faut prévenir Cléopâtre !

Elle se lève, passe derrière lui en l'épiant du coin de l'œil. L'homme se retourne soudain et croise son regard. La fillette a tout de suite l'impression qu'il la fouille au plus profond d'elle-même, qu'il découvre ce qu'elle sait. « Il a compris, frémit-elle. Il va m'assassiner. » Dès qu'elle a contourné la haie qui borde l'allée, Cléo prend ses jambes à son cou et se précipite dans le palais.

– Où est Cléopâtre ? crie-t-elle à deux jeunes filles chargées de fleurs.

– Avec les prêtres dans le temple de Ptah, le dieu de Memphis, répond l'une.

– Mais non, rectifie l'autre, elle tient conseil avec ses généraux.

Cléo hausse les épaules. Laquelle dit vrai ? Un scribe passe, qui précise à Cléo que la reine est en réunion avec le maire pour discuter des affaires de la ville.

– En somme, personne ne sait où elle est exactement, résume la fillette.

Elle avise à ce moment l'officier de jour qui sort d'une pièce, et elle l'interpelle.

– Je dois absolument voir la reine, mais elle s'est volatilisée aux quatre vents.

L'homme lui fait signe de le suivre et la conduit devant César.

– C'est volontairement que nous faisons courir des renseignements contradictoires, explique le Romain. De la sorte, les conjurés ne savent où attendre la reine pour la frapper.

– Je connais leur chef, annonce fièrement Cléo. C'est Iké, le maître de danse !

– En voilà une nouvelle ! Assieds-toi et raconte-moi comment tu as découvert cela.

En peu de phrases, la fillette lui fait part de ses observations.

– C'est troublant en effet, convient César lorsqu'elle a terminé, mais cela ne constitue pas une preuve. Il a pu utiliser une expression en usage dans son métier, et le marin enfermé dans la pyramide l'aura entendue sur le bateau.

Les épaules de Cléo s'affaissent ; elle a l'impression de se vider complètement.

– C'est vrai, soupire-t-elle. J'étais persuadée d'avoir découvert le coupable. On l'aurait forcé à parler, et…

César lui ébouriffe les cheveux dans un geste de tendresse.

– Je vais resserrer la surveillance autour de Maître Iké, on ne sait jamais… Et garde espoir pour tes amis : les recherches se poursuivent.

Cléo fait oui de la tête.

– Il faudrait quand même en parler à Cléopâtre.

– Il vaut mieux ne pas la déranger en ce moment, sourit César. Sais-tu ce qu'elle est réellement en train de faire ? Elle essaie toutes ses robes pour choisir celle qu'elle portera à la fête.

Postée sur la terrasse qui domine le jardin, Cléo suit des yeux chaque mouvement du maître de danse. « Est-ce toi qui diriges le complot ? songe-t-elle. En tout cas tu es la seule piste que nous ayons, même si César se méfie toujours du maire. »

La musique s'arrête. Les musiciennes reposent leurs instruments et les danseuses rompent la formation. C'est la pause. Le maître de musique va s'asseoir à l'ombre d'une treille. Le regard de Cléo remonte l'allée centrale, s'attarde sur les jardiniers. Son attention est attirée par un homme vêtu d'une peau d'antilope qui traverse le jardin en tenant une grande coupe remplie de fruits, et qui semble souffler sur eux. Il rejoint Photin, le maître de musique, et la lui remet.

– Ils sont chauds du soleil, lui dit-il, et gorgés de

suc à souhait.

Puis il repart comme il est venu.

– Ces fruits me font envie, salive la gamine. Photin ne me refusera pas une grappe de raisin. Il y en a assez pour deux.

Cléo descend les marches de la terrasse en sautillant, se demandant si Iké et les jeunes filles auront droit au même traitement de faveur. Photin se lève, la coupe dans les bras, et se dirige vers le palais en fredonnant :

– *Mes jolies boules d'or*
aux reflets du couchant
Mes grappes d'émeraude
toutes perlées de nacre
Vous soulagez mon cœur…

Cléo se plante devant lui, tend la main vers la coupe.

– Hé ! s'écrie le maître de musique en lui tapant sur les doigts, ces fruits ne sont pas pour toi !

– Une petite grappe…

– Tu es sourde ?

– Trois grains de raisin…

– Écarte-toi !

– Une figue alors… La plus petite…

– Rien du tout !

– Juste une datte…

Photin lui attrape le poignet.

– Disparais de ma vue !

– Aïe ! se défend la fillette. Tu me fais mal !

Il la repousse, poursuit son chemin en reprenant sa chanson.

– Quel égoïste ! grommelle Cléo en se frottant le poignet. Et puis je n'avais encore jamais entendu quelqu'un chanter une berceuse à ses fruits.

CHAPITRE 8

LE CHANT DU SISTRE

Une file de soldats est établie devant la porte d'entrée de la grande salle de réception. L'officier de jour et le commandant de la garde royale escortent César et Cléopâtre jusqu'à leurs sièges, puis ils se placent contre les murs de façon à surveiller tout le monde. Cléo se glisse à côté du commandant et, comme lui, elle étudie les invités déjà installés devant des petites tables chargées de délicieux plats de légumes et de viandes rôties.

– J'ouvre l'œil, moi aussi, lui dit-elle.

Elle constate avec soulagement que des gardes se tiennent derrière le maire et près du maître de danse.

– Il ne faut pas les lâcher des yeux, ces deux-là, conseille-t-elle. Surtout Iké !

L'officier se penche à l'oreille de Cléo, et souffle :

– Tout est en ordre, général. Tu peux aller t'asseoir et t'amuser.

– M'amuser ? se récrie la petite. Comment je m'occuperai de la sécurité de Cléopâtre, alors ?

Un grand silence tombe sur la salle. La reine vient de se lever.

– Un serpent rôde entre ces murs, commence-t-elle, mais nous nous rions de sa menace. Mangez, chantez, détendez-vous ! Nul traître n'entachera notre joie !

– Elle cherche à l'exciter, murmure Cléo. Elle espère qu'il se dévoilera au cours de la fête.

Sitôt la reine assise, Photin donne le signal à ses musiciennes. Un air entraînant emplit la salle, et les danseuses s'élancent sur la piste.

Le repas, les discussions, les danses se prolongent sans qu'aucun événement ne vienne troubler l'ambiance de gaieté. Au moment du dessert, comme les servantes apportent des pâtisseries et des pyramides de fruits, Cléo voit passer devant elle un serviteur qui fredonne un air à la grande coupe qu'il tient entre ses mains.

– Tiens ? s'étonne la fillette, il chante une chanson à ses fruits, tout comme Photin dans le jardin.

Elle a l'intuition qu'il s'agit de la même coupe car il lui semble reconnaître les décorations. L'homme la dépose devant César et Cléopâtre.

– C'étaient donc des fruits réservés à la reine, voilà pourquoi Photin m'a interdit d'y toucher, comprend Cléo. Mais pour quelle raison les a-t-on remis au maître de musique et non pas au cuisinier ?

Un doute l'assaille. Aurait-on manipulé ces fruits dans l'intention de nuire ? Elle s'apprête à avertir le commandant quand le goûteur saisit un fruit au hasard dans la coupe et y mord. Le goûteur détache ensuite un grain de raisin, l'écrase sous la dent et l'avale. Puis il prend une datte, la mastique…

– C'est bon, se rassure Cléo, les fruits ne sont pas empoisonnés. Ce qui est quand même bizarre, c'est que tous ceux qui transportaient cette coupe, le bonhomme à la peau d'antilope, le maître de musique, ce nouveau serviteur… tous chantaient des berceuses aux fruits. Je me rappelle bien la scène de ce matin : on aurait dit que Photin voulait les endormir, ou plutôt qu'il ne voulait pas qu'ils se réveillent. C'est vrai que les fruits avaient l'air bien au chaud dans leur nid de sable... Du sable ? réfléchit Cléo. Mais on ne met pas des fruits dans du sable !

À ce moment, pour insuffler un rythme nouveau à la musique et à la danse, le maître de musique fait intervenir deux joueuses de sistres, des instruments qui émettent un son métallique et perçant.

– Ouille, quel bruit ! Cette musique ferait sauter en l'air n'importe qui ! On dirait qu'après leur avoir chanté des berceuses, Photin veut faire danser les fruits de cette coupe, rit Cléo. On va les voir se dresser comme des serpents... des serpents de sable !

Elle comprend tout à coup.

– Ne touchez pas aux fruits ! hurle alors la fillette.

Mais son avertissement est couvert par le chant strident des sistres.

– Qu'est-ce qui te prend ? grogne le commandant.

– Il y a des serpents dans la coupe de Cléopâtre !

La musique va les réveiller ! Ils vont mordre la reine si elle prend un fruit dans la coupe !

L'homme fronce les sourcils d'un air de dire : « Cette fille est folle ! » Pas le temps d'expliquer ! Cléo se précipite vers la table de César et de Cléopâtre en criant. La reine s'apprête à saisir un fruit quand les hurlements de la gamine l'arrêtent dans son mouvement.

– Eh bien ! gronde-t-elle. Que signifie ce bruit ?

Deux soldats cherchent à retenir Cléo qui leur glisse pourtant entre les mains. D'un geste vif, elle renverse la coupe au sol. Des serpents se tortillent parmi les fruits. Figée par la stupeur, Cléopâtre reste sans voix. César réagit tout de suite.

– Fais chercher le serviteur qui nous a apporté cette coupe ainsi que le chef cuisinier ! ordonne-t-il au commandant qui accourt.

– J'ai mieux, répond Cléo. Arrêtez Maître Photin !

Les invités poussent des exclamations de surprise, des soldats courent dans la salle.

– Es-tu sûre de ton fait ? demande Cléopâtre.

– Oh oui ! répond Cléo. J'ai bien vu ce matin Photin qui transportait la coupe : il ne chantait pas pour ses fruits, mais pour garder ses serpents endormis dans le sable. Il vient de les réveiller avec les sistres.

La reine et César lui décochent un regard interrogateur.

– Qu'est-ce que tu racontes ?

Pendant que les soldats s'emparent de Photin et l'entraînent vers la reine, Cléo résume toute l'histoire. Le maître de musique arrive, rouge d'indignation. Il se débat pour se libérer, mais les gardes le maintiennent fermement.

– Reconnais-tu cette coupe ? l'interroge brutalement César.

L'homme secoue la tête.

– Je ne l'ai jamais vue, se défend-il.

– Menteur ! s'écrie Cléo. Quelqu'un te l'a donnée ce matin, dans le jardin. C'était pour la déposer devant César et Cléopâtre.

Photin hausse les épaules, ignorant la remarque.

– La coupe contenait des serpents, déclare Cléopâtre. Et tu viens de les réveiller par tes sistres !

– C'est faux ! se révolte le bonhomme. Jamais je n'ai…

Il a un brusque tressaillement, se raidit…

– Le serpent… Il m'a mordu…

Un des serpent des sables tombés de la table est enroulé autour de sa cheville. Le commandant le tue d'un coup d'épée, mais il est trop tard pour le maître de musique. Il s'écroule, blanc comme un linge. Le commandant se penche sur lui.

– Soulage ton âme en avouant tes crimes.

– Où sont Antinoüs et Iméni ? demande Cléo.

Photin la regarde. Un rictus lui tord la bouche.

– C'est à cause de toi… souffle-t-il. Tu ne les reverras jamais… Le lion les a avalés.

LE VISAGE DU SPHINX

Du haut de la terrasse du palais, César, Cléopâtre et Cléo assistent à la fin du jour. La fillette a les yeux gonflés à force de pleurer. Les derniers rayons de Râ glissent le long des pyramides et s'arrêtent sur le Sphinx. Sa face de pierre en est comme enflammée.

– Le lion… le lion… mais bien sûr ! marmonne César. Et si Photin avait voulu parler du lion de pierre ?

– Les enfants seraient dans le ventre du Sphinx ? s'étonne Cléopâtre.

– Comment est-ce possible ? bredouille Cléo.

– Nous le saurons en allant voir, dit César.

Un peu plus tard, des chars s'arrêtent devant le Sphinx en soulevant de grands nuages de poussière bleue. La nuit est tombée, les pyramides se sont éteintes, le désert est laqué d'ombre. Armés de torches, de pics et de grands paniers, les soldats entourent le colosse de pierre.

– Creusez tout autour du socle ! ordonne Cléopâtre.

Les hommes retirent une épaisse couche de sable, sondent le sol avec leurs lances, secouent la tête d'un air dépité quand ils cognent dans la roche dure du plateau.

– Par ici ! clame soudain un homme. On creuse entre les pattes du Sphinx !

Tous accourent, fouillent, forent, piochent, déblaient le sable et finissent par dégager une porte sous la statue. Debout entre Cléopâtre et César, Cléo leur prend la main et s'y cramponne très fort. Elle n'ose plus respirer. « Pourvu qu'ils soient là ! » prie-t-elle. Elle a l'impression que si la porte s'ouvre sur une cache vide, son cœur va s'arrêter de battre et elle va s'effondrer d'un coup. Déjà, ses jambes flageolent, prêtes à se dérober sous elle. Deux soldats empoignent l'anneau de bronze scellé au battant, et ils tirent... La porte tourne sur ses gonds. Des marches apparaissent. Un homme les descend prudemment en tenant sa torche devant lui.

– C'est un petit temple ! annonce-t-il une fois à l'intérieur. Je vois des colonnes et une table à offrandes. Il y a de l'eau sur le sol, qui doit provenir des infiltrations du Nil, car nous sommes sous le niveau du ... Aïe !

Au cri de douleur, les soldats réagissent en saisissant leurs armes, sur la défensive.

– Une bête vient de m'attraper la cheville ! C'est un fennec !

– C'est Fenk ! hurle Cléo. Ils sont là !

Lâchant la main de César et de Cléopâtre, la fillette se faufile entre les soldats pour pénétrer dans le temple. Elle entend les deux garçons qui appellent faiblement. La lumière de la torche les découvre, les éblouit. Ils sont assis contre un pilier et se protègent les yeux avec les mains. La gamine se précipite vers eux, les serre dans ses bras. Elle est si heureuse qu'elle en pleure de joie. Deux hommes

soulèvent les enfants et les emportent à l'air libre.

– Depuis combien de temps sommes-nous enfermés ? demande Antinoüs.

– Presque deux jours, répond Cléopâtre. Mais que s'est-il passé après que Cléo est sortie de la pyramide ?

– Nous l'avons entendue crier qu'elle était libre, explique Iméni d'une voix pâteuse. Alors on a pensé qu'on pouvait descendre dans le puits à notre tour.

– Nous avons mis du temps, continue son ami. Pour ne pas tomber d'un coup, nous nous sommes laissé glisser sur le dos le long de la pente.

Ils s'arrêtent de parler pour mordre dans un pain que leur donne un officier.

– Mais qui vous a capturés ? s'impatiente César.

– Photin, le maître de musique, et un homme habillé d'une peau d'antilope.

– Oui, confirme Antinoüs. On s'est retrouvés nez à nez avec eux en sortant de la pyramide. L'homme nous a retenus pendant que Photin est allé voir à l'intérieur pourquoi son complice le marin n'était pas rentré à Memphis. Quand il est revenu, il grondait de colère. Il a compris que c'était à cause de nous que les dalles s'étaient écroulées.

– L'autre a voulu nous tuer, poursuit Iméni, mais Photin a dit qu'il préférait nous faire subir le sort des quatre emmurés. Ils nous ont alors entraînés vers le Sphinx.

– Après, on a entendu qu'ils jetaient du sable contre la porte. Certainement pour la masquer.

– On a cru mourir, achève Iméni. Mais vous voilà !

– Photin a payé pour sa trahison, résume César. Pourtant nombre de ses complices courent toujours. Je crois qu'il serait plus sage de renoncer à notre voyage jusqu'à Thèbes, pour le moment du moins.

– On va retourner s'ennuyer à Alexandrie ? bougonne Cléo en faisant la moue.

Cléopâtre la prend par l'épaule et la serre contre elle.

– Cela va prendre du temps pour espionner, repérer les conspirateurs et les mettre hors d'état de nuire. Mes officiers vont se charger de ce travail. En attendant, César nous propose un autre voyage. Il projette de nous faire découvrir Rome.

– Rome ? s'étrangle Cléo.

– Nous ? Avec nous trois aussi ? demande Antinoüs dont les yeux se sont mis à briller.

– Bien sûr, répond César. C'est votre récompense pour avoir déjoué ce complot.

– Mon père ne voudra jamais, se désole Iméni.

– Il n'osera pas s'opposer à un ordre de la reine et de Jules César. Nous avons vraiment besoin de vous trois pour nous sentir en sécurité, termine le général romain en les gratifiant d'un clin d'œil.

L'AUTEUR

Bonjour, c'est moi Cléo, et je voudrais vous parler de mon papa... Alain Surget, il est fou d'Égypte ! Dès qu'il voit une pyramide, un temple ou l'image d'un Pharaon, il craque. Et il craque aussi pour les héroïnes ! Qu'elles soient simples voleuses ou princesses, elles sont pour lui comme des déesses. Ça me plaît bien de courir sur ses pages, de laisser mes empreintes sur ses mots et de l'entraîner derrière moi dans mes aventures... Parce qu'au fond, il est comme moi, il adore voyager... mais lui, c'est dans sa tête !

L'ILLUSTRATEUR

Fabrice Parme est né près de Nancy. Après avoir suivi les cours de l'école Duperré et des Beaux-arts d'Angoulême, il s'installe à Paris. Il travaille pour des magazines, la bande dessinée, la publicité et le dessin animé. En 1999, il signe la création graphique de la série télé *La Famille pirate*. Avec *Les enfants du Nil*, il s'attaque à un genre nouveau pour lui : l'illustration de romans pour la jeunesse.